天気予報

まえだとしえ

天気予報・もくじ

Ⅰ　小さな木のうた

Ⅱ　旅路にて

雪
にわか雪
みぞれ
あられ
ひょう
雷雨

雲
霧雨
砂じんあらし
地ふぶき
(風力)

Ⅰ　小さな木のうた

三角森へ　ゴウ！

おひさまのにおい
土のにおい
ガマガエルは　まだ冬眠中

街はずれの　小さな三角森
枝下《えだお》ろしをしたあとの森は
もってこいのひみつ基地

——おーい
ゆうくん　そうちゃん
けんちゃん
小枝も小ざさも　たっぷりだよ
今日から　また
ぼくらのあたらしい基地づくりだあ

三角森の中　ぼくらの体中が
ワクワク　ドキドキ　ホックホク

シイの木も　カシの木も
でっかいぞ
うでをひろげて　待ってるぞ

小さな木のうた

やせっぽちのちいさな木は　不安です
――おおきくなれますように

町はずれの
六地蔵さんを守るかのように
どうどうと立っている
一本のくすの木は
小さな木のあこがれです

小鳥たちの家になったり
台風の時も　地震の時も
体をはって　まわりの生きものたちを
しっかり守りつづけている古木です

きのうもきょうも
日の光りや雨を浴びながら
小さな木は　はっぱをひろげて
立派な古木を見あげています
風といっしょに
季節のうたをうたいながら

通訳《つうやく》

秋晴れの朝
小鳥たちのさえずりをききながら
おひさまと　木の葉のしずくが
ごあいさつ

ぼくは　地球の子で
日本人で　まだ　ちいさくて
通訳できるのは　日本語だけ

とびっきり　すきとおった
とびっきり　うつくしい
天使の羽音のような声で　ネ！

キ　ラ　リ　！　です
希望のキ・
ラッキーのラ・
理想のリ・

きょうは　一日　なかまたちと
三角森で　あそぶ約束をしています

ポピー畑のおかあさん

——ジュン　チエ、みて　みて
おかあさんが　あかるいこえでよびました

あか　しろ　ピンク　オレンジ
うらのかだんで　おかあさんのだいすきな
ポピーたちがおどっている

きょねんのおかあさんのたんじょうび

入院中《にゅういんちゅう》のやせたおかあさんのベッドのよこで
おこづかいを出しあって
おにいちゃんとふたりで　プレゼントした
ごまつぶより　もっともっとちいさい
おはなのたねのだいへんしん

チョウチョウたちの　まいおどりのような
ポピーにかこまれて
げんきになったおかあさんがたかくたかく
てをふっている

おにいちゃんもわたしも　かおをみあわせ
てをふりながら　スキップした

ちょっとだけママ

はじめての 参観日《さんかんび》

なんだか　そわそわ
そっと　教室《きょうしつ》のうしろの方《ほう》を見た
ようちゃんちのすてきなママ
みつこちゃんちのおおきいパパ
ヒデくんちのいつものママ
こうくんちのおばあちゃん……

そして　そして　教室《きょうしつ》の入り口
いつもとちがう
白いワンピースで
おめかしをした　ぼくんちのママ

よその人のような　ちょっとこそばゆい
ちょっとだけママの　おかあさん
口をかたくむすんで　わらっている
むねのあたりで
（がんばってね！）と
ちいさく　手をふりながら

すてきな宅急便

――もう　いいかげんにしなさい！
いつもちらかしっぱなしで　なにしてるの？
ピカッ　ゴロゴロッ　ママのカミナリです
ふだんは　やさしい　ママと
ダンスが　だいすきな女の子たち

（どうして　カミナリがおちるのかなあ）
一年生のおねえちゃんと三さいのいもうと
おかたづけ　さっさと　できません

おでかけのしたくも　だっせんばかり……

ピンポーン
いなかのおばあちゃんからの宅急便です
中には　赤いかわいい小箱
ふたりは　さっそくあけてみました

すみきったきれいなメロディが
リビングいっぱいにひろがり
たちまち
おへやは　おしろの広間に早がわり

――まあ　おばあちゃんったら……

ママは　エプロンで手をふきながら　うっとり
――なつかしいオルゴール！
ママのだいすきなワルツだわ
ママが　あなたたちくらいのころ
おばあちゃんとよくおどったのよ

いつの間にか　ママとこどもたちは
手をとりあって　おどりつづけていました
まもなく　クリスマスです

ブリキのおさる

夏休み　いなかのおばあちゃんちへいった

山の中の大きな家の
リビングの戸だなのまん中あたり
おさるが一匹　ブリキのおさるだ

おばあちゃんが
おさるの背中のネジをまいて
まあるい大きなテーブルの上においた

ブリキのおさるは
けいきよく　シンバルをたたきながら
じいーっと　ぼくを見つめている

――これはな　パパがそうちゃんくらいの時
一番　お気に入りだったものだよ
おばあちゃんは　目をほそめて話してくれた
――うれしい時も　くやしい時も
パパ　なんかいもネジをまいて
シンバルの音をきいていたっけねえ
――へえ　そうだったの　パパ

――ほら　そうちゃんもネジをまいてごらん

おばあちゃんは
ぼくの手に　おさるをわたしながらいった
たたみの広間で　ひるね中のパパが
ごろんと　ねがえりをうちました

きせかえ人形

いろりの火が　ほっこりしている
てつびんでは　おゆがわいている
——ほら　ここへ　よこにならっしゃい
いろりのしもざで　おばあちゃんが
じぶんの　ひざを　ポンとたたいた

ひざのうえの　女の子のかみに
ゆのみのお茶を　すこうし手にとり
女の子のあたまを

つつみこむようになでるおばあちゃん
つげのくしで　ていねいにすいていく
——こうすると
　きれいな　くろい　いいかみになるんえ

けいとのチョッキをきせて
こうしがらのオーバーをきせて
あたまには　わたいればうしをのせて
さあ　おばあちゃんの　きせかえ人形の
できあがり

わらぐつをはいたちいさな女の子は
ゆきのはらへと　かけだした

ぼくのおしろ

まよなか　のどがくるしくなってきた
まいにち　しごとがいそがしくて
ねぶそくつづきの　おとうさんが
ぼくのけはいで　めざめないようにと
おかあさんが
ぼくをおんぶして　そとへでた

おかあさんは　ぼくをきづかいながら
だんちのほどうを　いったりきたり

――おかあさん　だいぶよくなったよ
もう　へいき　おうちへかえろう
おかあさんとぼく　てをつないで
ゆっくりあるいた

光化学《こうかがく》スモッグ警報《けいほう》が　ながれたとき
きょうしつで　ぼくのかおをみながら
しんぱいそうに　こえをかけてくれた
さと子先生を　おもいだした
やさしいこえでいった
――あのね　ヒロくん
うみべの　けんこうがくえんで
びょうきが　なおったこどもがいるの

ヒロくんは　どうかしら

交通がはげしくて　空気がよごれやすいけれど
ときどき　いきぐるしくなるけれど
ぼくは　この町がすき　なおちゃんも
みっちゃんもあつしくんも　すき
ポプラやプラタナスのきがある
だんちこうえんが　すき

ちいさなおうちだけれど
おとうさんとおかあさんがいる
おにいちゃんとおとうとがいる
このおうち　ここがぼくのおしろ

II

旅路にて

虹の橋

学校のかいだんで　すれちがうたび
――よっ　チビ　って
わたしの頭をすばやくひとなで
かけおりていく上級生

（なによ　かんけいないのに
ちょっと　おおきいからって……）

なのに　少しずつ気になってくる
なんだか　だんだん　気になってくる

心の中　若草色の風が吹く

晴れたり　曇ったり
にわか雨のあと
はじめてかかった
ちょっぴりまぶしい虹の橋

海につづく道

浜辺にのびる《アカシア並木》
制服のまま　二人で歩いた

さわやかな蝶のような花房
ほんのり甘い清らかな香り

白い花の名は　ハリエンジュ
ニセアカシアと呼ばれていると

秋のある日
図書館の植物図鑑で初めて知った
《アカシア並木》が
どこまでも続けばいいと思いながら
歩き続けたその日から
一番すきな香りは　ハリエンジュ
一番好きな花の名前は
ニセアカシアです

コダマムラ

たいした用もないのに　いつも
児玉村《こだまむら》出身のわたしを
村の名で呼び続けていた
転校生のタケル先輩

僻地に生まれ育ったことを
気はずかしく思いはじめていた
わたし

(ちゃんと　名前があるのに……)

――よおっ　コダマムラ!
半分　からかうように
半分　おにいちゃんかのように
呼んでいたっけ

いつの日か　もう一度だけ
声がききたいと思っていたのに
二度と会えない所へ　さっさと
行ってしまった

心の中で

ごめんなさい

切り取った細胞を
標本ビンの中で育てるように
すれちがう瞬間
あなたが落としていった
萌黄《もえぎ》いろのこころのひとひらを
育てています

こんなにもすくすくと——
あなたは
なんにも知らないけれど

空のキャンバス

描きたい！　思いのままに
ダイナミックに　繊細に
けれど　夏の雲を追っかけ
追っかけ――

季節は過ぎ　もどかしさと
透明な時の中でとまどうばかり

描けなかった雲たちや
見失っていた自分自身が　つかず離れず
キャンバスの上に
セピア色の影を広げはじめている

立ちつくす私の右手に　大切で
重い　一本の絵筆

背が少し伸びた私のはるか向こうには
キラキラ光る
らせん階段が続いている

雨のあと

雲と雲がぶつかって
雨が降ってきました

受話器の向こうから
優しい声が流れてきて
少女の胸の中で
小さなつぼになりました

つぼの中から　かすかに
うぶ声がきこえてきます
あなたのものでもない
私のものでもない
不思議な　いのちの声

突然　訪れたどしゃぶり
受話器を抱いた少女の影が
たよりなげに伸びています
(心配せんでよかよ
晴れる日は必ずくるでな)
みずたまりの小さな輪が
広がっています

野原のまん中で

真っ白い画用紙一枚　送ります
手製の封筒に入れて　送ります

白い紙には　どうぞ
ほどよく水を含んだ筆で
わたしに届く虹を描いて下さい

わたしは　いつまでも
野原のまん中で　待っています
ひかりをあびる野の花のように
風にそよぐ若葉のように

ざくろの花のさくころ

ひとむかしも　ふたむかしも
もっともっとむかし
ゆりおばあちゃんのほほが
ふっくらと　うすべにいろだったころ
いくどもいくども　あめのなかで
みつめたはながありました

ゆりおばあちゃんは　いま

ろうじんほーむの　なかにわで
あめのなかに　ひとりたたずみ
はつこいのひとと　おはなしをしています

むすめのころ
きはずかしくて　つげられなかったことも
すらすら　いえます

少女にもどった　ゆりおばあちゃんの目には
つややかなみどりのなかでくっきりとさく
ざくろのはなしかみえません
ゆりおばあちゃんのみみには
はつこいのひとのこえしか　きこえません

あめのなか　ことしも
朱色のはながさいています

水

大きなおおきなふしぎは
山のくぼみから　わきでる水のこと

雨が何日もふっていないのに
水はとぎれることなくあふれ
幼いわたしは　しゃがんで
ふたつの手のひらですくって
なんども　口にはこんだ

かすかにあまくて　おいしい
清らかな水を生む山並みは
遠い遠いふるさと

都会のざわめきと
孤独のよせあつまりの中
さまよう心が
本当の水を求めています

とぎれることのない　深い山並みの
わき水を　求めています

晩秋

久しぶりに
空を美しいと思った

通りがかりの境内の
そびえたつ　樹々に
這い上がるつたの葉の朱《あか》
黄葉《こうよう》半ばのいちょうの葉のにぎわい
雲ひとつない空の青

幼い日
母と見上げた
あの日の空に出会った

旅路にて

母を想う時、真っ先に浮かんでくるのは雪どけの谷川の、小さな根雪のトンネルの脇から、若草色のかわいい顔をのぞかせたばかりのふきのとう。冷たくてまろやかであまい水。

母を想う時、春を運ぶ光りの中でほほえんでいるのは、戦国時代の姫君のかんざしのようなまんさくの花。しゃれた帽子をかぶったいぶし銀のねこやなぎ。

母を想う時、私の口にはっきりとした記憶を運んでくるのは、母

の好物のたんぼの土手の大粒のぐみの実と、石垣に下がったまだ少し酢っぱいいいちごたち。

母を想う時、大きないろりと得意な太巻き。ふるさとの土も光りも、せせらぎも緑も、ネムの花も、紅葉の山並も白銀の世界も全てが一体となり心地良い温もりになって包んでくれる。

母元を離れ、時にはおびえ、時には　ささくれかけ　浮き草になる私を、母の温もりは、確かに、けれどもみごとなまでの早わざで幼い日の私に巻き戻してくれる。

霊峰白山のふもとの小さな山里の集落で、いつ止むとも知れない雪の結晶が舞う朝生まれ、ゆき子と名付けられて八十余年の母。

村長さんとこのゆっ子さんと呼ばれ続けてきた。

幼い子供を五人残し病気で父が亡くなったあと、時には茨の道を歩きながらも、いつも花や自然を愛し、笑顔を絶やさず、まわりの人たちの心に小さな灯をともし続けている母。

目を閉じると、次第に母はふるさとになり、ふるさとは母になり、私の心の原っぱに少しずつ根をはり、やさしい虹の橋をかけていく。ふるさとの花〈ササユリ〉の香りと共に。

Ⅲ　じぶん

愛しています

ちいさなあなたが
——だあいすき——　とばかり
りょうてをひろげて　とびついてきます
おんぶしてほしくなると
おんぶひもを　ひきずってきます
このひざは　あなたのしていせき

これから　どんどん　おおきくなるあなた
すこしずつ　ちいさくなるわたし

あなたのえがおが
ずっとずっと　つづきますように
いとおしさが　いのりになって
ふくらみつづけていいます
あたらしい　あさをむかえるたびに

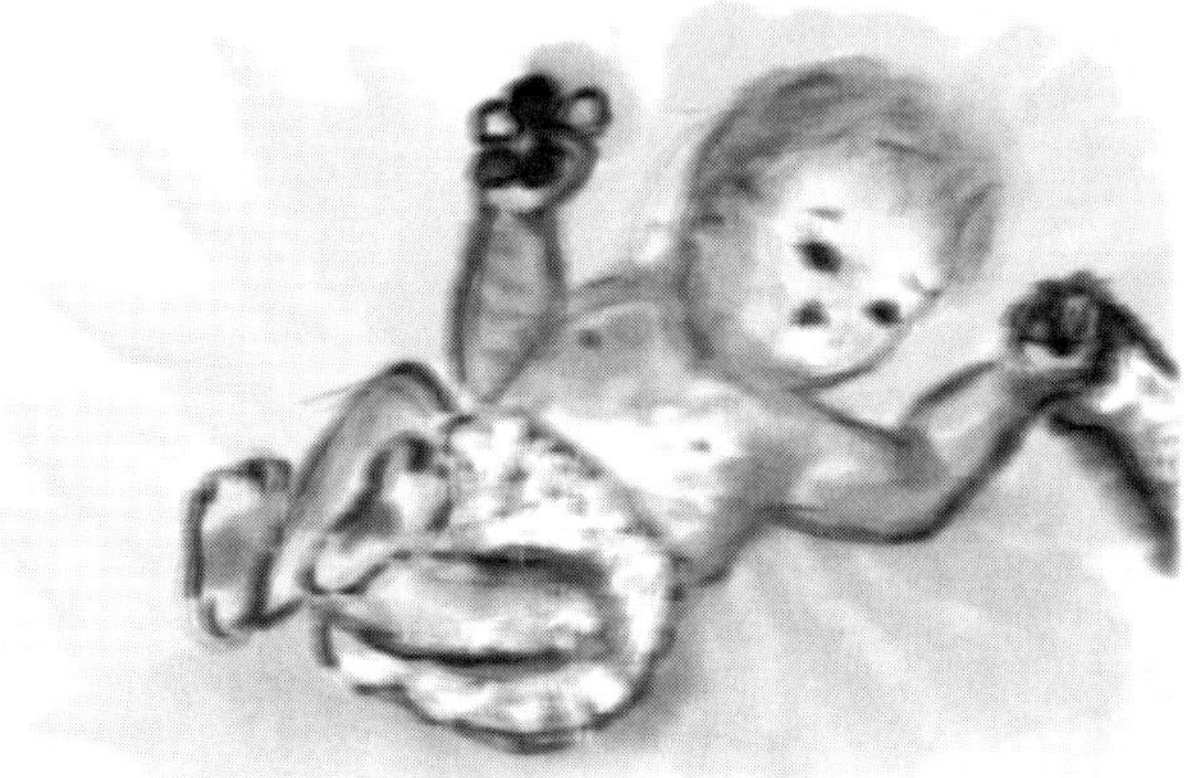

手と手

――よくぞ　こうも長生きしたもんじゃ
若いころから　山仕事ひとすじに精をだし
いってつ者と言われつづけてきた甚八じい
ごっつい大きな手を　しみじみ見つめ
太くてしわがれた声でつぶやきました

その甚八じいに　この春
初ひまごが生まれたのです
両手で　やさしく包んだだけで

とろけてしまいそうな　赤ちゃん
なんともちいさくて　やわらかい二つの手

母親になりたての孫娘になんどもすすめられ
ためらいためらい　こわれものに触れるように
甚八じいは　赤ちゃんを胸に抱いてみました
ひさかたぶりに　甚八じいの目尻から
あたたかいものが　次つぎ　あふれてきました

今　甚八じいは
ベビイベッドの　ひまごが見える縁側に腰かけて
しわ深い手で　世界でたったひとつの
かわいい木の椅子をつくりはじめています

医学事典

一日　ひとつぶ
うめぼしば　たべんしゃい
体がしゃきっとするばい

ミカンは
皮ごとたべるんがよか
細胞がピチピチしよると
ぶすっとしとっちゃなんねえ

えがおがいちばん
セロトニンがふえて
げんき　ひゃくばいひゃくばい

人間の心ん中では
よわかもんとつよかもんが
ときたま　シーソーするとよ
すなおがよか
なきたいときは　おおごえでなくがよか
うれしいときは
「ありがとうさん」っていうがよか

ばあちゃんからの宅配便の中

いつも
ばあちゃん流の
手づくり医学事典が入っている

梅干

読書感想文

だいすきな　文庫の岩崎京子先生からの
プレゼント
トルストイの『イワンのばか』を
よみました

まじめで　おひとよしで
はたらきものの　イワン

わたしは　おもわず
体の中から心をつまみ出し
うつくしい泉の水で
さらさら　さらさら　すすぎました

心の中の　よごれと
よく深な部分と　ものぐさが
浮きつ沈みつ　はずかしげに
川下へ　川下へと　流れていきました

天気予報

地上では　防寒服をきこんで
雲や風向きや気圧を調べ　へやへ帰れば
コンピュータで　一生けんめい勉強して
天気予報のおにいさんがはりきっています
――どうぞ　天気予報があたりますように

空のてっぺんでは　天気予報をはずそうと
あまのじゃくがはりきっています
――えいっ　天気予報　ひっくりかえれっ

ある日の夕方
地上を見おろしていたあまのじゃくの目と
てるてる坊主にお願いしている
かわいい女の子の目があいました
――どうか　あす　お天気にしてください
あしたは　入院しているママが
はじめて　おうちへ帰れる日なの

天気予報のおにいさんの予報では
あすは　日本全国　おだやかな晴れの一日
あまのじゃくの頭の中は　大そうどう
キラキラ星の大あらし

女の子の
すみきった目が　どんどん　かがやいています
あまのじゃくの　ありあまるパワーは
あっというまに　消えてしまいました

――もうかんにんしてください
あまのじゃくは　とうとう　入院です
初恋病棟一〇一
新年第一番目の患者さんとなりました

ごめんね　地球　パート2

緊急会議の会場は　神話で名高いギリシャ　エーゲ海
議長は　信頼あつい　ジンベイザメ
参加者は　魚や海辺の生き物たちなど

――これ以上　犠牲者を出してはならん！
私のかわいい　こどもたちは
プラスチックごみで命を落とした
一体　何もののしわざだ
とうさんクジラが大声をあげています

——おれっちもだ　もうがまんなんねえ！
——うちもです　かけがえのないこどもが……
サメの親分につづいて　魚たちは次つぎ
悲しい出来事を訴えています

——さて　みなみな様方　プラスチックごみ
マイクロプラスチックに放射能…汚水…
この恐ろしい痛ましい現状を　わたしども
どのように打開したものか……です

常に優しく　悠然としているジンベイザメも
厳しい表情です

美しい山やまや　川の流れと共に
世界をつなぐ生命の源・海を守ることが
どんなに大切なことか――
魚たちも海鳥たちも　体を張って学び続け
先祖代々　約束事を守り抜いてきたのだった

けれど　このところのあまりにも大きい災難
難問中の難問には
にっちもさっちも歯がたちません

――最高神　ゼウス様　どうかどうか
この大いなる海をお守りください
この危機をお助けくださいさい！

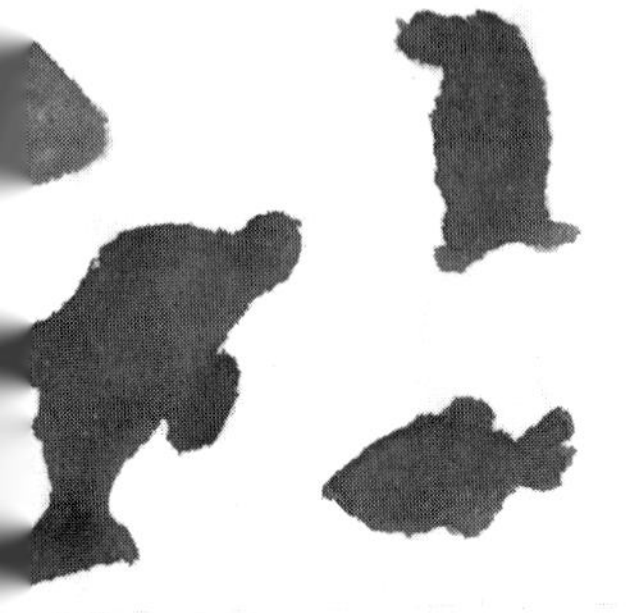

会場からはじまり　地球の海全域が
祈り一色に染まりました

ほどなくして　波は巨大なうねりを見せ始め
プラスチックごみをはじめ
放射能や温暖化などの影響を受けて
命を失ったたいとおしいこどもたちを
一体《いったい》いったい　浜辺へ届け始めました

浜辺では　並んだ赤ちゃんクジラや
たくさんの痛ましいなきがらを見て
人間のこどもたちが　口ぐちに言いました
――いったいどうして　こんなことに！

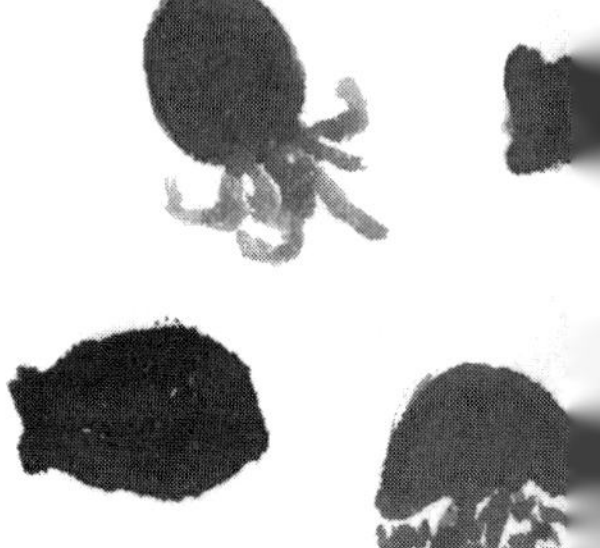

――かわいそう　助けてあげて！
おびえて泣き出すこどもたち　大人も年寄も
だれもが　心を痛め手を合わせています

研究者や学者たち　漁師仲間たちも必死です
――わたしたち人間は　とんでもないことを！
――今まで　一体何をしてきたんだ！
――早急に　美しい海を　大自然を　今こそ
　取り戻す対策を急がなければ！

エーゲ海での緊急会議は　今
地球人の間でも　最優先課題として真摯に
ひきつがれています

じぶん

自分
じぶん
ジブン……

いつのまにか　積み重なり
こりかたまった　ジブン　という文字
かたっぱしから　拾い集めて
とりあえずボックスに詰めこんでみる

こころの中に
さわやかな風が吹きこんできた
小鳥たちの声が　いとおしい
道ばたの草花が　あいらしい
碧《あお》い空が　高いよ広いよ

もしかしたら　希望へと続く
階段が見つかるかもしれない
すてきな道連れに出会える予感がする

佃煮《つくだに》の詩《うた》

佃煮っていうのは
何ったって　老舗《しにせ》の味が一番じゃよ
おじいさんの
そのまたおじいさんの
そのまたずっとおじいさんの代より
引き継がれてきた
心根《こころね》と生活の知恵がしみこんだ
歴史の味じゃ

日本の味じゃ
春によし
夏によし――
にぎり飯によし
茶漬けによし――
誰にも好かれる　じっくり煮こんだ
敬虔《けいけん》な　真心の味さね

母

心もとなくて　目をとじる
見えない糸を　たぐっていくと
はるか向こうに
ほほえんでいる　母がいる

母のうしろは
海のような
土のぬくもりのような

月影のような
ひなたのような――

なに　なーんもしんぱいいらんけんねえ
ひとっちゅうもんは　弱いようで強い
ひとそれぞれ　時代時代　一本道を
のぼったりくだったりするもんよ
こころんなかの　おくのおくのかすかな
のぞみを　こんきよう　じぶんのてで
まもりそだてながらな

――はいっ　ありがとう！　かあさん
私の中の　少女の声が聞こえてきます

輝くものへ

立ちなおるのだ
ほんの少しでも　可能性をさがすのだ
時に追われていることを
はっきり自覚しはじめた　今こそ

ひびきあう心を大切に
くずれそうな魂の奥の奥に
小さく光るものを　見失うことなく

はるかなる
夢をあたためつづけるのだ
いのちをつむぎつづけ
つなぎつづけるのだ

心よ育て！
　育つのだ！！

大きさなんて　問わないから
形なんか　問わないから

包装紙

かあさんからのプレゼントを包んでいた
包装紙
田舎のおばあちゃんを思い出しながら
ひざの上にのせて　手アイロン
わたしの心の中で育った思いが
包装紙の裏の白い頁につづられていく

かあさんの娘として生まれ
いつも誰かとつながりながら　たぶん
いつの日か　おかあさんになるわたし

わたしの前には
いくつかの心配事があるけれど
時には　つらい事もあるけれど
きっと　それ以上に
嬉しい事や　幸せを感じる事や
希望に出会える予感がする

包装紙……ふつうなら用済みの一枚の紙
今　私の心を包んでいる

優しさへの気付き

菊永　謙

ひとは誰しも自らの生きて来た月日を振り返り、遠くなつかしい日々を引き寄せ、自らを育んでくれた父母をはじめとした多くの〈無償の愛〉に改めて思いを致すのだろう。まえだとしえの詩篇もまた、多くの優しさへの気付きに満ちている。

遠い日々から私をいつくしんでくれた母との思い出を描く作品「晩秋」も素朴で味わい深い。〈雲ひとつない青／幼い日／母と見上げた／あの日の空に出会った〉思いは、そのまま故郷の自然へと続いている。山にかこまれた金沢の故郷〈幼いわたしは　しゃがんで／ふたつの手のひらですくって／なんども口にはこんだ／かすかにあまくて　おいしい〉湧き水の思い出。幼年の日々に口にふくんだふるさとの水こそが彼女の命の原点なのかも知れない。作品「母」や「輝くもの」も秀逸な味わいを持つ。遠い日の記憶のなかの母親や父親、祖父母のありし日の横顔や後姿に、ひとは生きていく日々の道しるべを求めるのだろう。父母からの〈命のバトン〉をしっかりと子へ、孫たちへと手渡そうとしている。

彼女もまた、母親として三人のお子さんをりっぱに育て上げられて来たのだろう。子どもさんたちと共に、児童文学者の岩崎京子さんの文庫〈子どもの本の家〉にも通われ、児童文学に親しみ、絵を描き、詩を長い間書き続けてこられた。また、看護師として、多くの病気の人たちの心の支えになられて来たのだろう。

この度の詩集には幼い日の思い出から、さらには思春期、娘時代へのほのかな思い出の振り返り、長い人生の歩みでの気付きなどが素直な味わいを持って描かれている。ひとは通り過ぎてのちに気付くことや失なってようやくひとや物の存在の重さに思い至ることもあるのだろう。まえだとしえの詩篇を読みながら、改めて〈優しさ〉の意味を今一度考えさせられる。

（詩人・児童文学評論家）

あとがき

　ふとした拍子に、耳のずっと奥から蘇ってくるものがあります。国指定の重要無形民俗文化財、文弥《ぶんや》人形浄瑠璃《木偶《でく》の舞い》の場面です。これは、私が生まれ育った石川県、霊峰白山の麓の小集落に、凡《およ》そ、三百五十年を経て伝承されている郷土芸能のひとコマです。

　素朴な木偶人形一体を、一人の男性が扱う一人使いと呼ばれる古風で貴重な様式です。舞台では、人と人形がひとつになり、時代を越えて深い哀しみや怒り、喜び、憧憬などを太夫の語りや三味《しゃみ》に合わせ、全霊を傾けて演じます。その昔、京で学び伝えられたと云います。

木偶好きの集落、木偶大好きの家系に生まれた私。胎児期から愛着を覚え、その語りは子守り歌でもあったでしょう。

都会へ人生修行に出た長兄は、Uターンした後に村長を四期勤めながらも無類の木偶好き。語り部と呼ばれる太夫、木偶の使い手も共にこなし伝承している一人でもあります。

今も、雪深い旧正月に上演されています。ただ集落にはすでに限界という二文字が冠せられ、太夫も木偶の使い手も、笛や三味等の奏者も減少の状況とのこと。故郷を思うとき、目の奥が熱くなるのを覚えます。

子育ての時期に、川村たかし先生のご指導のもと、故郷の思い出や郷土芸能を素材にして創作した中編の作品を探し出し、改めて大幅に書き直してみました。敬愛する児童文学者の岩崎京子先生のおすすめもあって、今回ある文学賞に応募してみました。

折りしも、その前後に少年詩の詩誌「みみずく」が届きました。詩誌の作品への感想とお礼をしたため、その後半に故郷の事や近いうちに詩集をまとめたい旨を記しました。しばらくして菊永謙様からお便りを頂きました。

先の詩集『た・か・ら・も・の』（リーブル刊）以降、同人詩誌などに発表した作品や手元にある新作などを急いでコピーして菊永様に手渡し編集を手伝って頂きました。さらに素晴しい画家の大井さちこさんを紹介していただきました。詩集『天気予報』には私の絵を使ったらいいのではと、岩崎先生、菊永様、お二人の助言を頂き、二冊の詩集を刊行する運びとなりました。版元の四季の森社の入江隆司様にもたびたび千歳烏山ま

著者略歴
まえだとしえ（前田　都始恵）
加賀白山山麓の小集落、東二口（ひがしふたくち）生まれ。鶴来（つるぎ）高校卒。金沢大学医学部付属看護学校卒。同付属病院勤務。金沢の詩誌「笛」同人となる。結婚後、上京。子育ての時期、児童文学者・岩崎京子先生の文庫に親子でお世話になる。児童文学者協会の通信講座にて川村たかし先生の指導を受ける。同人誌「アルゴル」「森」「ひなつぼし」「木曜童話会」「虹」「少年詩の学校」などに詩、エッセイ、童話を発表。詩集『た・か・ら・も・の』（リーブル　２００７年）。詩集『かくれんぼ』（四季の森社　２０１９年）日本児童文学者協会会員。

天気予報

2020 年 1 月 25 日　　第一版第一刷発行

著　者　まえだとしえ
　絵　　まえだとしえ
発行者　入江 真理子
発行所　四季の森社
〒 195-0073　東京都町田市薬師台 2-21-5
電話　042-810-3868　FAX 042-810-3868
E-mail: sikinomorisya@gmail.com
印刷所　シナノ書籍印刷株式会社

ISBN978-4-905036-20-3 C0092

で足を運んで頂き、尊敬する菊永様と共に親身に詩集の刊行にお力添えを頂きました。ここに深くお礼を申し上げます。

このように詩集を発行できますのも、長い間にわたって、いくつかの詩誌に加えさせて頂き温かく見守りはげまして頂いた諸先生方、同人誌代表の方々の御陰です。多くの詩友の皆様にも心からのお礼を記してあとがきに代えさせて頂きます。

二〇一九年十一月

まえだとしえ